가족의 온도

개성 만점 입양 가족의 하나되는 시간

가족의 온도

개성 만점 입양 가족의 하나 되는 시간

이설아 글·그림

생각비행

프롤로그

정신분석 용어 중에 '가족 로맨스'라는 말이 있습니다. 나의 부모가 다른 사람이었으면 좋겠다고 생각하는 다양한 공상적 표현을 가리키는 용어로, 아이가 어릴 때 꿈꾸던 이상적 부모상과 현실의 부모상 사이의 불일치에 눈뜨며 갖게 되는 공상을 말합니다(미국정신분석학회, 《정신분석용어사전》, 2002). 엄마에게 눈물 쏙 빠지게 혼났을 때, 아무리 얘기해도 엄마 아빠는 나를 이해 못 한다고 느낄 때, 내 삶은 왜 이렇게 힘들까 싶을 때 '나의 진짜 부모는 따로 있는 게 아닐까? 어쩌면 나는 고귀하고 신분 높은 집안에서 태어났지만 어릴 적 헤어져 지금의 부모를 만난 걸지도 몰라!' 같은 엉뚱한 상상을 아스피린 삼아 현실의 고달픔을 달래는 것이지요. 이 가족 로맨스는 현실 속 부모의 모습을 이해하고 받아들이는 시간을 거치면서 자연스레 사라집니다. 저를 비롯한 대부분 어른이 그 시절을 가물가물하게 느끼는 것처럼 말이지요.

그런데 가족 로맨스가 쉽게 사라지지 않는 가족도 있습니다. 바로 입양 가족입니다. 입양 아동은 자신에게 두 쌍의 부모가 있음을 알고 자라는 만큼 현실의 삶을 함께하는 입양 부모와 어딘가에 살고 있을 생부모 모두를 자신의 정체성과 연결지어야 하는 과제를 안고 성장합니다. 입양을 통해 완전한 가족이 되었지만 사랑스러운 자녀의 유일한 부모가 될 수 없다는 사실, 입양 아동이 생부모의 존재를 알고부터 겪는 다양한 감정의 소용돌이와 성장통은 많은 입양 부모에게 두려움으로 다가옵니다. 그래서 할 수만 있다면 입양과 관련한 이야기를 줄이고 부정적 감정은 드러내지 않으면서 하루하루를 살아갑니다.

하지만 한 집에서 같이 살고 법적으로 가족이 되었다고 해서 진짜 연결된 것은 아닙니다. 심리적으로 완전한 가족으로 재탄생하기까지는 보다 많은 시간과 노력이 필요합니다. 입양과 관련한 생각과 질문을 숨김없이 나누고, 서로의 감정을 솔직하게 내어놓으며 공감하고 어루만지는 과정이 필요합니다.

언뜻 생각하면 아이에게 생부모의 존재를 알려주고 그에 관해 대화를 나누는 것이 부모로서의 정당성을 흔들고 아이를 혼란스럽게 만드는 일처럼 보일지도 모릅니다. 하지만 입양 아동은 자신의 삶에 일어난 모든 사실, 자신과 생물학적으로 연결된 생부모의 존재에 대한 궁금증을 해소하고 그에 관해 솔직하게 이야기할 수 있을 때 오히려 깊은 안정감과 연결감을 느낄 수 있습니다. 아이러니하게도 두려움을 넘어 진실과 공감으로 깊이 연결되는 순간, 비로소 진짜 '가족 로맨스'가 시작되는 것이지요.

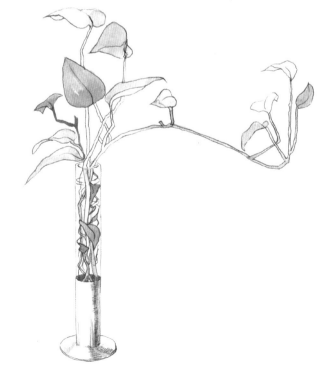

이 책의 모티브가 된 2부의 입양 성장 동화 '가족 로맨스'는 입양 부모의 시각이 아니라 아이가 경험한 입양의 의미를 전달하고자 쓴 동화입니다. 1부에는 입양 성장 동화가 나온 맥락을 이해할 수 있도록 우리 가족의 탄생기를 담고 3부에서는 자녀와 나누는 입양 이야기가 보다 공감과 지지를 북돋는 대화가 될 수 있도록 돕는 여덟 가지 원칙을 다뤘습니다.

　이 책을 통해 자녀를 사랑하는 많은 입양 부모님들이 아이의 마음을 더욱 잘 이해하고, 서로 깊이 연결되는 경험을 시작으로 진짜 가족 로맨스를 써갈 수 있기를 기대합니다.

이설아

차례

가족의 계절

봄

남편을 처음 만난 건 스물네 살의 봄날이었다. 동갑내기 아르바이트생으로 만난 우리는 평온하게 오래도록 사랑하다 결혼에 골인했다. 외부의 반대나 장애물이 없었다는 의미의 평온이라기보다는 서로를 향한 단단하고 굳은 마음으로 지킨 평온이었다. 남편은 내가 만나본 사람 중 가장 말수가 적고 웃음이 짧지만 겉과 속이 같음이 훤히 보이는 첫 번째 남자였다.

벌써 10년도 넘었건만 아직도 또렷이 떠오르는 남편의 첫인상은 뭔가에 잔뜩 삐쳐 있는 듯 뽀로통한 얼굴이었다. 엘리베이터 문이 닫히려는 찰나 그가 황급히 열림 버튼을 누르고 올라타던 그때, 아주 잠깐이었지만 그의 표정에서 옅은 그늘을 발견했다. 그리고 그 순간 그것이 내 마음을 깊이 건드렸다.

얼마 후 서로 동갑내기란 걸 알고 가까워지면서 그 뽀로통한 표정 뒤로 언제라도 녹을 준비를 하고 온기를 기다리는 여리고 곧은 마음을 만났다. 그가 다른 이에게는 쉽사리 보여주지 않는 환한 미소를 잠깐씩 내보일 때면 그 모습이 너무 예뻐 어떻게 하면 그를 더 많이 웃게 할까 궁리하곤 했다.

스물넷 생일에 미역국도 못 먹었다는 내 손을 붙잡고 회사 근처 여러 밥집을 돌더니 기어이 뜨끈한 미역국

밥상을 내밀어 나를 감격하게 했던 그. 둘의 첫 기차 여행을 위해 집에서 싸 왔다며 쭈글쭈글 치즈김밥을 내밀던 의외의 모습도, 내 방 불이 꺼질 때까지 지켜보느라 막차를 놓쳐 다섯 시간을 걸어 집으로 돌아갔다던 이야기도 내겐 모든 것이 새롭던 봄처럼 가슴을 뛰게 했다.

그로부터 일곱 번의 봄을 함께 보낸 뒤 우리는 부부의 연을 맺었다. 결혼 후 남편은 광학 연구원으로, 나는 미술을 가르치는 선생님으로 분주한 신혼생활을 보냈다. 미술 전공을 꿈꾸는 중·고등학생과 함께 그림도 그리고 전시도 보러 다니면서 아이들을 맘껏 사랑하며 지내던 어느 날, 한 아이가 건넨 말이 내 인생의 방향을 바꿔놓았다.

"설아 선생님이 우리 엄마였으면 좋겠어요."

그 짧은 문장을 듣는데 얼음 칼이 가슴에 꽂히는 듯 너무 아팠다. 그 아이는 아주 어릴 적 엄마와 헤어져 할머니와 살고 있었는데, 곁에서 세심히 살피며 그림을 가르쳐 주는 내게서 엄마의 체온을 느꼈던 것 같다. 그 말을 건네던 아이의 마음을 헤아리다 보니 아이의 외로움이 밀물처럼 밀려들었다. 평생 아이들 곁에서 친절하고 유능한 선생님으로 살고 싶었던 내게 '아이들에게는 100명의 선생님보다 한 명의 엄마가 필요하구나'라는 사

실을 깨닫게 해준 순간이었다.

'내가 낳지 않은 아이의 엄마가 된다는 건 어떤 걸까?'

오랜 고민 끝에 남편에게 '입양'으로 부모가 되는 건 어떤지 물었다.

"입양? 흠… 나도 괜찮아."
"그래도 당신 닮은 아들 한번 안아보고 싶지 않아?"
"아휴, 나 닮은 아들 녀석 나오면 그걸 속 터져서 어떻게 키워?"
"하하, 그런가?"
"그럼."

결혼하고 한 번도 진지하게 부모가 되려는 시도조차 안 해봤던 우리였지만 역시 하늘이 맺어준 연분이 맞았는지 어렵지 않게 입양으로 부모가 되는 데 동의했다. 동갑내기 남자친구가 남편이라는 호칭으로 바뀔 때도 한참 동안 어색했는데, 어느덧 우리가 한 아이를 맞이할 부모의 자리로 옮겨 간다니 신기하기만 했다.

아이를 맞이할 준비로 분주했던 열 번째 봄, 왠지 공기부터 다르게 느껴졌다.

가을

생후 37일 된 아들 은기를 맞이한 2008년 10월, 우리는 세상 그 무엇도 부러울 것 없는 완전체가 되었다. 귀엽고 사랑스러운 은기를 안을 때마다 세상이 이해하지 못하는 사랑의 비밀, 행복의 열쇠를 가진 듯했다. 이 행복한 입양을 왜 다들 어렵다고 안 하는 거지?

커다랗게 축 처진 눈망울과 토실한 볼살, 생크림처럼 달콤한 미소를 지닌 아이를 바라보노라면 내가 무슨 복이 많아 열 달의 고생도 없이 이렇게 예쁜 아들의 엄마가 되었나 궁금하기도 했다. 양가의 사랑과 관심 속에 은기는 무럭무럭 자랐고, 남편은 세상에서 둘째가라면 서러울 아들 바보가 되었다.

그러던 어느 날 밤, 생각지 못했던 아들의 슬픔을 마주하게 되었다. 함께 누워 자장가를 불러주는데 은기가 자기 눈을 보라고 손짓했다. 바라보니 금방이라도 떨어질 것처럼 눈물이 그렁그렁 고여 있었다. 깜짝 놀라 무슨 일이냐고 묻자 아이가 내 가슴에 얼굴을 묻고 큰 소리로 울기 시작했다. 영문을 모르는 나는 아이에게 무슨 일이 일어난 걸까 가슴이 쿵쾅거리고 침이 바짝바짝 말랐다.

"은기야, 무슨 일이야? 엄마한테 말해봐. 우리 은기 무슨 슬픈 일 있었어?"

안타까운 물음에도 아이는 울음을 그칠 줄 모르고 한참 슬픔을 토해냈다. 고작 다섯 살짜리 작은 몸통에서 이렇게 깊은 슬픔이 배어 나올 수 있다니. 한참 동안 눈물을 흘리던 은기가 이윽고 한마디를 건넸다.

"엄마가 떠날까 봐."

사랑스러운 아들과 행복한 잠자리에 들려던 엄마에게는 너무나도 낯선 말이었다. 아들의 말을 듣는 순간 아파트 한 동이 무너지는 것 같은 큰 굉음이 뒤통수를 후려쳤다.

아주 어려서부터 입양이 무엇인지에 대해 듣고, 입양 가족 모임에 나가고, 입양 동화를 읽고, 우리가 어떻게 입양으로 만났는지 들어온 은기였지만 그 입양이 자신의 인생에서 무엇을 가져갔는지 몰랐을 것이다. 조금씩 머리가 크고 퍼즐을 맞춰가기 시작하면서 자신이 입양되기 위해서는 낳아준 부모가 자신을 포기했어야 함을 알아버린 은기. 누구도 입에 올리지 않았던 '생부모와의 분리' 과정을 이해하게 된 순간, 지금의 사랑하는 엄마도 어쩌면 자신을 떠날지 모른다는 두려움이 아이를 엄습한 것이다.

"은기가 엄마가 떠날까 봐 두려웠구나. 아니야, 엄마는 절대 떠나지 않아. 엄마는 영원히 네 곁에 있을 거야. 입양으로 가족이 되었다는 건 영원히 함께한다는 뜻이야."

아이를 꼭 끌어안고 안심시키던 내 눈에서도 쉴 새 없이 눈물이 흘러내렸다. 아이가 느꼈을 두려움과 슬픔을 미처 알아차리지 못한 것이 엄마로서 미안했다. 입양으로 이 귀한 아이를 얻었다는 행복에 취해 단 한 번도 아이가 이런 슬픔을 통과하리라고는 상상하지 못했던 자신이 부끄러웠다.

'갓난아이가 뭘 기억하겠어? 이렇게 사랑해주는 부모가 있으니 괜찮을 거야. 이제 너는 새로운 인생이 시작되었으니 우리와 함께 행복하기만 하면 돼.'

입양이 부모에게 선물이고 축복이고 행복이었듯 내 아이도 당연히 그렇게 받아들일 거라고만 생각했다. 아주 작은 아이라도 지금의 행복을 온전히 누리기 위해서는 자신의 인생에 일어난 상실과 슬픔을 소화하는 과정이 필요하다는 사실을 그때는 알지 못했다.

얼마를 끌어안고 쓰다듬으며 있었을까. 한참 동안 위로를 건네받은 은기가 다시 말갛게 웃으며 분명하게 말했다.

"엄마, 나도 엄마를 떠나지 않을 거야."

은기의 미소를 보며 가슴을 쓸어내렸다. 행복해지고 싶어서, 행복하게 해주고 싶어서 선택한 입양. 입양이 아니었으면 만나지 못했을 금쪽같은 내 새끼가 통과하는 입양의 실제가 우리 부부가 경험하는 입양과 다를 수도 있겠다는 생각을 그때 처음 해보았다.

세상의 편견 앞에서 아이가 다칠세라 아이에게 입양을 긍정적으로 알려주려는 마음만 앞섰지 더 큰 폭풍이 아이 내부에서 일어날 줄은 몰랐던 우리. 아이를 얻은 우리 부부는 하루하루가 더없이 행복한 나날이었지만, 생부모와 분리되어 우리를 만난 아이는 우리처럼 행복과 기쁨만 가득할 수는 없다는 사실을 깨달은 순간이었다.

은기가 첫 슬픔을 표현한 그날부터 2년여 동안 우리는 함께 울고 웃으며 은기의 삶 속으로 들어온 입양이 어떤 경험인지 알아가는 시간을 보냈다. 어느덧 열두 살이 된 은기는 이제 입양 때문에 슬프다고 울지 않는다. 상실과 슬픔을 건강하게 통과한 아이가 얼마나 기특하게 자기 삶의 주인이 되어가는지 우리 부부는 은기를 통해 배워간다.

여름 1

2010년 4월의 첫 토요일. 세 살 된 은기를 아침부터 언니네에 맡기고 우리 부부는 말없이 인천으로 차를 몰았다. 30분쯤 달려 도착한 곳은 인천의 한 보육원. 은기의 누나가 될 여자아이를 만나러 왔다.

다섯 살에서 여섯 살 여자아이. 우리가 내건 단 하나의 조건이었다. 은기에게 형제가 필요하다고 느낀 우리는 갓난아기로 딸을 입양해볼까 하는 생각도 해봤지만, 모두가 신생아 딸을 원하는 바람에 수많은 남자아이와 나이 있는 아이들이 기회를 얻지 못한다는 사실을 알고는 은기의 누나를 맞이하기로 했다.

지난 6개월간 우리 부부가 나눴던 큰 아이 입양에 대한 고민, 주변의 우려와 조언들, 기대감과 흥분이 마구 뒤엉켜 가슴이 콩닥거렸다. 어떤 아이일까 아무리 상상해봐도 딱히 그 모습이 떠오르지 않았다. 우리를 보면 어떤 표정을 지을까? 준비해온 선물이 마음에 들까? 아이를 기다리면서 아이의 마음을 사보려 준비해온 작은 핸드백, 머리빗, 장신구 세트를 만지작거리는데, 드디어 상담실 문이 열렸다.

아이가 긴장할세라 환한 목소리로 우리를 소개하시는 수녀님 손에 붙들린 아주 작고 초라한 여자아이가 보였다. 단 한 번도 상상해보지 못했던 모습의 아이가 아랫니를 꽉 깨물고 고개를 떨군 채 멍석같이 서 있는데 머리가 멍했다. 분명히 다섯 살이라고 했는데 세 살 아이처럼 왜소했다.

'저 아이가… 내 딸이 될 아이라고요?'

섬광처럼 짧은 시간이었지만 마음속에서 뭐라 말할 수 없는 갈등이 스쳐 갔다. 갈등이 스쳐 간 그 자리에 아이를 거절하고 싶다는 마음이 슬그머니 들었다. 생각지 못한 아이의 모습도 당황스러웠지만, 그 아이를 보고 마음의 셔터를 내린 나 자신이 몇만 배 더 당황스러웠다. 나라는 인간은 도대체 무얼 바라고 여기까지 온 건지, 아이의 무엇을 안다고 한눈에 마음을 닫아버린 건지. 이토록 짧은 순간에 한 사람을 거절할 수 있는 자신이 납득도 용서도 되지 않았다. 정신이 아득해지던 사이 남편은 아이의 마음을 사기 위해 함께 퍼즐도 맞추고 그림책도 읽고 있었다. 두 사람을 아무 말 없이 바라보던 나는 멍하니 사진기 셔터만 눌렀다.

집으로 돌아왔어도 정신은 어딘가에 흘려놓고 온 듯했다. 소개받은 아이를 가족으로 받아들이고 싶어 하지 않는 마음과 그렇다고 아이에게 등 돌리고 돌아설 자신도 없는 내가 서로 할퀴며 치열하게 싸웠다. 어제까지만 해도 예쁜 은기를 키우는 꽤 괜찮은 엄마였던 것 같은데, 지금의 나는 누구 앞에서도 고개를 들 수 없는 괴물처럼 느껴졌다.

'너는 왜 이 길에 들어섰니?'

아무도 권하지 않았던 이 길에서 내가 얻고 싶었던 것은 무엇일까. 나의 의로움? 완벽하고 행복한 가정? 나는 다르다는 자부심?

입양 기회가 적은 아이에게 엄마가 되어주기 위함이라 말했지만 나를 위한 수많은 이유를 다시 보았다. 진짜 사랑이 무엇인지 알고 싶다는 마음, 나의 의지와 한계를 넘어선 사랑을 경험해보고 싶다는 생각을 접고 여기서 되돌아가야만 할까? 앞으로도 뒤로도 옴짝달싹 못 하는 씨름이 이어졌다.

사흘 밤낮을 보내며 마음의 흙탕물이 가라앉고 나니 내 안에 피어오르는 작은 용기가 보였다. 이제껏 나 자신의 만족을 향해 달렸던 스스로를 돌이켜 아무런 만족도 건네지 않은 이 아이의 손을 잡고 한번 가보자는 마음이 들었다.

낯선 아이 앞에서 마음을 다잡느라 힘겹던 봄이 가고, 아이로부터 생각지도 못했던 거절을 연거푸 당하며 여름을 보냈다. 매주 토요일 숨이 턱턱 막히는 한여름 뙤약볕 아래 아이의 마음을 얻어보겠다고 반 아이들과 몸을 던져 놀아주었지만, 여전히 냉랭한 표정으로 자전거만 타는 아이의 옆모습만 보고 돌아서야 하는 날이 많았다.

이 여름이 끝날 즈음엔 아이 손을 잡고 보육원을 나설 수 있을까? 이 과정을 포기하지 않고 우리가 가족이 될 수 있을까? 하루에도 몇 번씩 흔들리는 마음을 진정시키려 기도하며 버틴 여름이었다. 감사하게도 조금씩 서늘해지던 바람과 함께 아이의 마음도 스르르 열리기 시작했다. 몇 번의 외출이 이어지고 즐거운 추억이 쌓여갈수록 우리와의 시간을 진실로 기다리는 아이의 마음이 읽혔다.

내년 봄쯤 가족이 될 준비를 하던 우리는 계획보다 일찍 아이의 손을 꼭 잡고 보육원 문을 나섰다. 2010년 크리스마스이브, 시아는 그렇게 나의 큰딸이 되었다.

여름 2

즐거운 저녁 식사와 설거지까지 마친 평온한 저녁, 독후감 숙제를 봐주려고 시아를 불렀다. 방으로 들고 갔던 책을 옆구리에 끼고 나오는 아홉 살 시아의 표정이 심상치 않았다. 엄마의 얼굴을 외면한 채 바닥을 보며 서 있는 시아. 얼굴에서 언뜻 슬픔의 흔적이 읽혔다.

"시아야, 왜 표정이 어둡니? 무슨 일 있었어?"

아이는 들고 있던 책을 떨어뜨리며 두 손으로 얼굴을 감쌌다. 엄마에게 들키고 싶지 않아 얼굴을 감싸보았지만 작은 두 손으로 다 가리지 못한 얼굴이 빨갛게 번져갔다. 쿵, 하고 가슴이 내려앉았다. 시아를 조용히 당겨 가슴에 안아주자 고이 참았던 눈물을 쏟아내며 작디작은 몸이 큰 울음을 토해냈다.

"저를 낳아준 엄마가 생각났어요. 이 책을 보면서요."

아… 기어이 시아의 입에서 듣게 된 이야기. 언젠가는 들을 거라 생각했지만 오늘 저녁일 줄은 몰랐다. 은기가 그러했듯 시아 역시 엄마가 가장 무방비 상태일 때 이런 과제를 던질 수 있다는 걸 왜 잊고 있었을까.

입양으로 가족이 되었지만 그 사실을 잊고 지낼 만큼 평안한 나, 그리고 입양으로 가족을 얻었지만 그 사실이 때때로 폭풍처럼 다가오는 아이들. 우리는 이미 영원한 가족이 되었음에도 가끔 이렇게 다른 시간을 통과하곤 한다.

시아가 읽던 책은 "너를 사랑해 언제까지나~ 너를 사랑해 어떠한 일이 닥쳐도 내가 살아 있는 한~ 너는 늘 나의 귀여운 아기"라는 노래를 밤마다 아이에게 불러주는 엄마가 나오는 동화책이었다. 한시도 잊지 않고 아이를 돌보는 지극한 사랑을 가진 그런 엄마를 현실에서 누려보지 못한 시아는 그 책을 읽으며 어딘가에 있을 생모가 떠올랐나 보다.

아이의 눈물을 보는데 우리가 가족이 되었던 4년 전 크리스마스이브부터 지금까지의 시간이 주마등처럼 스쳐 갔다. 나는 시아에게 어떤 엄마였을까? 시아는 내 딸이 되어 얼마나 행복해졌을까? 자신에게는 전부였을 보육원에서의 생활을 뒤로하고 낯선 우리 손을 꼭 붙잡고 이 새로운 세상으로 들어온 당차고 기특한 아이에게 나는 어떤 삶을 건넨 걸까?

가족이라는 이름으로 묶여 낯선 서로를 온전히 받아들여야 했던 시간들. 눈물과 한숨, 기도와 결단이 이어진 나의 4년만큼 시아도 힘들었다는 걸 안다. 서로를 엄마와 딸로 받아들이는 시간은 더디고 아팠지만 감사하

게도 아무도 포기하지 않고 지금에 이르렀다. 기특하고 재능 많은 소녀로 자라는 시아가 너무 예쁘고 우리의 일상이 참 평온하구나 하고 느끼던 어느 날, 생각지도 못했던 아이의 깊은 속마음과 이렇게 마주쳤다.

"그랬구나, 시아야. 낳아준 엄마가 생각나서 슬펐구나. 네가 우니까 엄마도 슬프다."

시아의 마음을 읽어주자 시아는 더 큰 울음을 토해냈다. 작은 어깨가 부서질 듯 흔들리며 떨려왔다. 내가 꼭 붙들어주지 않으면 아이는 거대한 우주로 미아가 되어 날아갈 것만 같았다. '나를 꼭 안아주세요, 나를 꼭 붙들어주세요'라고 이야기하는 듯한 시아는 아주 작은 새처럼 들썩이며 울었다.

시아를 가슴 가득 끌어안는데 시아의 몸에서 들끓던 뜨겁고 큰 에너지가 나를 덮치듯 건너왔다. 그것이 시아 안에 있던 깊은 슬픔임을, 이제 우리는 가장 깊은 것을 공유한 진짜 모녀 사이가 되었음을 깨달았다.

우리는 그렇게 부둥켜안은 채 두 시간을 울었다. 시아도 나도 서로의 눈치를 보지 않고, 서로의 어깨에 얼굴을 묻고 엉엉 울었다. 시아의 등과 머리를 쓰다듬고, 시아와 내 눈물을 번갈아 닦으며 정리되지 않은 목소리로 오랫동안 시아의 마음을 어루만져주었다.

얼마나 시간이 흘렀을까. 고요한 밤, 둘만 남아 있는 거실에서 시아가 얼굴을 들고 말을 건넸다.

"엄마, 저는 입양이 되어서 슬픈 게 아니에요. 지금 가족을 만나게 되어서 너무 행복하고 감사해요. 그런데 낳아준 엄마를 생각하면 자꾸 눈물이 나요."

"그래, 시아야. 엄마라도 그랬을 거야. 슬플 때는 슬프다고 말하는 거야. 눈물이 나면 맘껏 울어도 괜찮아. 엄마한테 솔직하게 얘기해줘서 고마워. 시아 너에겐 영원히 떠나지 않는 엄마가 있잖아. 그러니 앞으로도 혼자 울지 마. 알았지?"

시아가 내 목을 와락 껴안았다. 다섯 살 꼬마가 어느새 이렇게 컸나, 또다시 주체할 수 없는 눈물이 흘렀다. 이번에는 기쁨의 눈물이었다. 딸과 내가 소중한 비밀을 공유한 밤이니까, 내 딸 시아의 모든 것을 받아들인 진짜 엄마가 된 밤이니까 맘껏 울고만 싶었다.

시아야, 오늘은 엄마랑 같이 자자.

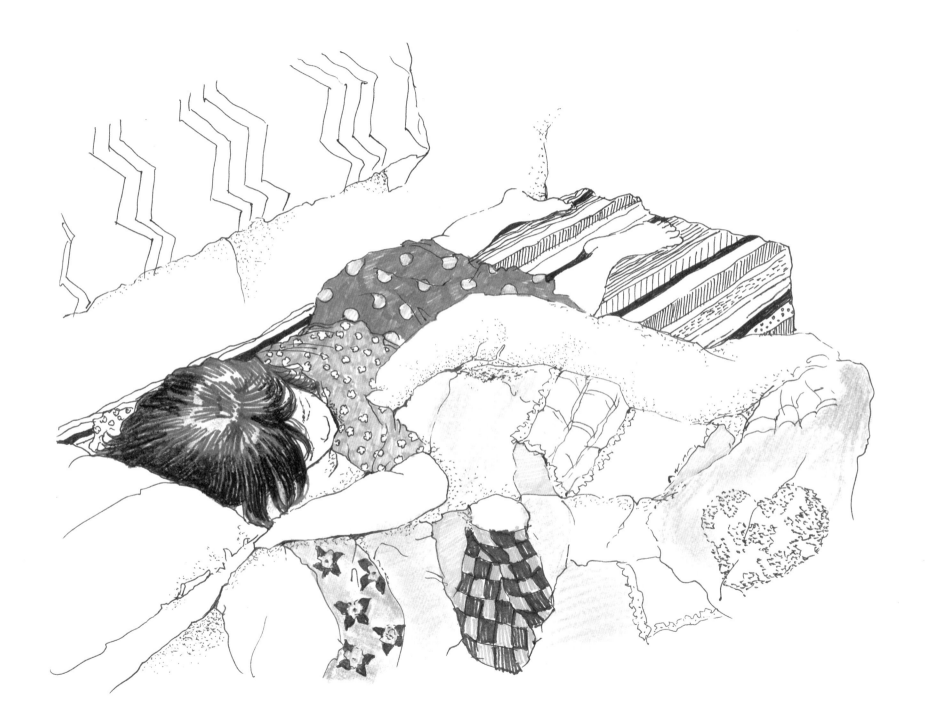

겨울 1

2013년 여름, 한 통의 전화를 받았다. 오랫동안 국내 입양에서 소외되어 해외로 입양될 수밖에 없었던 남자아이들을 국내 예비 입양 가정과 상담해 연결해주는 '남아 입양 프로젝트'를 시작하는데, 이 프로젝트에서 전문 상담사 역할을 맡아달라는 중앙입양원 측의 전화였다. 첫아들 은기를 만나고 달라진 내 인생을 돌이켜보면 단 1초도 망설일 이유가 없었다. 아동의 이익을 가장 우선해야 하는 입양에서 남자아이라고, 장애아동이라고, 나이가 많은 아이라고 입양 기회를 박탈하는 것은 너무도 부당한 일이다.

석 달간의 프로젝트를 위해 처음으로 출근한 9월의 어느 날, 오랫동안 국내에서 입양 가정을 찾지 못해 해외 입양처를 찾아야 하는 수많은 남아 중 각 입양 기관에서 추천해준 아동 20명의 신상 카드를 훑어보았다. 아동 신상 카드에는 아동의 출생부터 현재까지의 모든 상황과 건강 상태는 물론이고 생부모의 어린 시절, 가정환경, 둘의 만남에서 임신과 출산, 입양 의뢰에 이르기까지의 모든 과정이 담겨 있다. 길고도 아득한 히스토리들을 읽어내려가는데, 마치 그토록 기다리던 비밀의 문이 내 앞에서 스르르 열리는 듯 기분이 묘했다.

시아와 은기를 키우면서 그토록 보고 싶었던 내 아이들의 아동 신상 카드. 입양할 때 전해 받은 몇 줄의 배

경으로는 도저히 채워지지 않는 내 아이 생애 최초의 조각들. 이 귀한 생명들이 어디서, 어떤 경로로 내게 도착했는지 상세히 적혀 있는 그 서류.

아직 학생임에도 아이의 출생신고를 하고 입양을 의뢰한 여러 생모의 기록, 그리고 생모의 가족관계등록부에 이름이 오른 덕에 기관의 보호를 받으며 입양을 기다리는 아이들의 기록을 보는데 가슴속에서 무언가 낯선 것이 치미는 느낌이 들었다.

솔직히 은기를 입양한 이후 지난 몇 년간 은기의 생모를 떠올려본 적은 손에 꼽을 정도였다. 은기의 생일 때나 우리의 가족탄생일 정도? 그마저도 해를 거듭할수록 희미해져 은기 뒤로 잠시 스치는 배경 사진처럼 지나갔을 뿐 한 번도 그녀를 인격체로 떠올리고 말을 건넨 적이 없었다. 그녀는 내게 살아서 존재하는 실제의 대상이 아닌 그냥 꿈결의 어느 한 자락, 또는 어린 시절 들었던 옛날이야기처럼 알고는 있으나 내 삶에 아무 영향도 못 미치는 그 무엇이었다. 은기와 나의 완벽한 행복을 위해 눈에 띄지 않는 어디에선가 잘 살아주면 그만인 그 누구일 뿐이었다. 그러나 입양이 무엇인지 알게 된 은기의 입에서 줄기차게 '옛날 엄마'에 대한 독백이 터져 나오던 그때, 그 고백이 의미 없는 딴청이 아니라 실제 은기의 가슴을 흔들고 있는 그리움이란 걸 알고 난 그때에서야 비로소 난 그녀를 향해 말을 걸기 시작했다.

'이봐요, 은기의 옛날 엄마. 당신이 낳은 이 귀한 아이를 기억해요? 설마 이 이쁜 아이를 잊은 건 아니겠죠?'

땀과 눈물로 범벅이 된 여름을 보내면서 여섯 살 은기의 '옛날 엄마' 이야기는 차츰 수그러들었다. 하지만 그런 은기의 성장통을 지켜볼수록 내 안의 바람은 쉽게 사그라지지 않고 더욱 간절하고 공손한 기도로 변해갔다.

'저기요, 은기를 낳아준 엄마. 내 귀한 아들이 당신을 그리워해요. 지금 어디서 무얼 하며 살고 있는지 알지 못하지만 부탁 하나만 할게요. 우리 은기가 진짜 당신을 만나고 싶어 할 때, 그땐 꼭 우리 은기를 만나줘요. 한 번, 딱 한 번이라도 좋으니 내 아들을 만나줘요. 은기 엄마로서 건네는 유일한 부탁이에요.'

하지만 나의 간절한 메시지는 수신자를 찾지 못한 채 허공에서 사라져버렸다. 얼마나 더 오래 정성과 시간이 쌓여야 이 마음이 전달될까. 부모가 된 이후 처음으로 느낀 절대적 무력감이었다. 은기와 시아의 인생에서 생모와의 만남이 이루어지는 순간은 내가 어찌할 수 없는 하늘의 몫임을 새삼 깨달았다.

내 아이들의 두 생모가 건강하기를, 빛 가운데 거하는 삶을 살고 있기를. 매일 새벽 다섯 시 그녀들과 나, 우

리 두 아이를 묶는 기도가 어김없이 새벽하늘을 채운다.

종일 수십 장의 아동 신상 카드를 읽으려니 머리가 지끈거리며 아팠다. 퇴근 시간이 가까워질 무렵, 마지막으로 집어 든 서류를 읽어내려가던 내 눈이 얼어붙은 듯 멈춰섰다. 카메라를 바라보는 한 여성과 그 품에 안긴 갓난아이의 사진. 그 뒤로 놀랍도록 행복해 보이는 두 모자의 사진이 열두 장 이어졌다. 믿을 수 없었다. 이토록 친밀한 미소를 주고받은 모자의 사진을 입양 서류 속에서 만나다니.

카메라를 정면으로 바라보는 엄마의 얼굴은 건강하고 평안해 보였다. 열 달간 품었던 아들의 실체를 가슴 가득 안아본 엄마가 누릴 수 있는 만족감과 결연함이랄까. '내 몸을 내어 너를 만들었단다'라고 속삭이는 듯 아들을 바라보는 엄마의 충만한 표정과 그런 엄마를 바라보며 함박웃음을 짓는 신생아의 옆모습, 잠든 아기의 고운 옆얼굴과 너무 예쁜 뒤통수, 작은 손과 앙증맞은 발까지. 어느 것 하나도 놓치지 않고 담아낸 사진들은 이 아이의 모든 것이 어디서 왔는지 보여주고 있었다. 사랑하던 남자의 돌아섬을 경험한 이후의 출산이었음에도 그녀는 한 생명이 몰고 온 놀라운 행복에 감염된 채 그 자리를 지키고 있었다. 그곳에는 미혼모가 아닌 한 엄마가 있었다.

갑자기 시간이 멈춘 듯 멍했다. 지금껏 이런 사진을 본 적이 없었다. 더 정확히 표현하자면, 자기 아이의 인생에서 슬그머니 사라지지 않고 이토록 환히 웃고 있는 생모를 본 적이 없었다. 홀로 카메라를 응시하고 있는 다른 아이들의 사진과 달리 함께 있기에 존재 이유가 있는 듯 보이는 두 모자. 그들의 행복한 시간은 왜 계속

되지 못했을까. 모자의 행복한 사진 뒤로 이어진 상담 내역에는 아들을 직접 양육하고자 했던 그녀의 굳은 결심이 넉 달의 시간 동안 경험한 현실의 벽과 가족의 극렬한 반대 앞에서 어떻게 변해갔는지 담겨 있었다. 수십 회 거듭된 상담의 마지막 회차에서 입양을 결심했다는 그녀의 대답을 읽는데 가슴이 저릿하며 아려왔다.

'왜요… 왜 엄마의 자리를 내려놓으셨어요? 내가 당신과 아들의 사진을 보며 얼마나 응원하고 있었는데… 조금만, 조금만 더 버텨줄 수 없었나요?'

나는 이미 다 지난 일이란 걸 알면서도 그녀에게 다시 한번 권면했다. 마치 그녀가 은기와 시아의 생모라도 되는 듯 안타까운 마음으로 그녀를 붙들고 다시 생각해보라며 애원했다. 부질없는 짓에 마음을 쓰자니 머리만 더 아팠다. 퇴근 시간이 다 되어 서류를 챙겨 두고 사무실을 나오는데, 머릿속에서는 모자의 사진과 아이의 출생 배경에 쓰여 있던 그 길고 긴 이야기가 영상처럼 몇 번이고 반복 재생되었다.

그로부터 석 달 뒤, 나의 셋째 아이가 될 찬이와 생모는 그렇게 우리 삶 한가운데로 성큼 들어왔다.

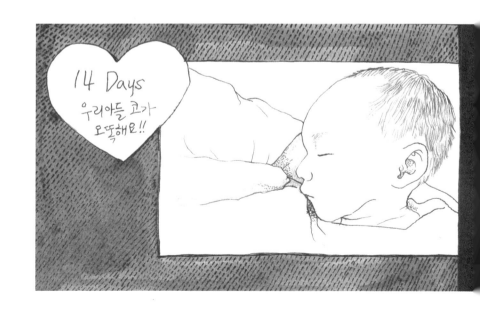

겨울 2

찬이가 왔다. 에너지 가득한 스마일 보이.

생모 품에서 환하게 웃던 사진 속 찬이를 생후 366일째 되던 날 우리 집으로 데려왔다. 이사한 새집에서 맞이하는 새로운 일상, 그것도 불과 몇 달 전까지만 해도 상상도 못 해본 세 아이의 엄마라는 놀라운 자리에서 다시 기지개를 켰다.

찬이와 찬이 생모 이야기를 조심스레 꺼냈던 두 달 전 어느 밤, 농담이라도 셋째 이야기를 꺼낼라치면 고개를 절레절레하던 남편이 웬일인지 긴 이야기를 차분히 다 들어주던 그 밤, 고맙게도 남편은 아이가 크고 있으니 결정할 거면 서둘러 진행하자고 했다. 아, 이 남자는 언제나 결정적인 한 방으로 감동을 준다.

다음 날 아침 중앙입양원에 출근하자마자 기관에 전화해 찬이를 입양하겠다는 의사를 전했다. 더불어 개방 입양♥을 원한다는 뜻을 밝혔다. 찬이와 찬이 생모의 사진을 보는 순간부터 자연스레 떠올랐던 개방 입양. 이

♥ 개방 입양open adoption: 입양 부모와 생부모 사이에 아동에 관한 정보와 소식이 교환되거나 만남이 이루어지는 형태의 입양이다. 개방 정도는 양측이 어떻게 합의하느냐에 따라 다양할 수 있다. 우리나라에서는 개방 입양의 예가 매우 드물지만 외국에서는 흔하게 볼 수 있다.

사랑스러운 모자를 보고 어찌 단절을 거치는 입양을 진행할 수 있을까. 내게는 찬이와 찬이 생모 두 사람 모두 똑같은 비중으로 가슴 한편을 차지했다.

나는 더 이상 내 자녀의 삶에서 중요한 누군가가 사라지기를 원하지 않는다. 입양은 단절이 아니라 더 큰 개념의 '가족'으로의 확장이며, 생부모와 입양 아동, 입양 부모 모두가 행복한 입양이 가능하다는 것을 증명해 보이고 싶다는 열망이 가슴속 깊은 곳으로부터 솟구쳐 올랐다. 시아와 은기의 눈물이 함께한 성장통의 열매인 걸까. 나는 진심으로 입양의 삼자 모두가 행복한 입양을 꿈꾼다.

생모에게 개방 입양에 대한 의사를 물어봐달라고 기관에 전한 후 매일 새벽마다 간절히 기도했다. 내 바람만으로는 안 되는 일이기에 그녀의 마음을 붙잡아달라고, 그녀가 찬이 삶에서 사라지지 않고 오래도록 당당히 자리를 지키며 찬이의 성장에 함께할 수 있도록 해달라고 기도했다. 그로부터 두 주가 지난 뒤 찬이 생모가 개방 입양에 동의했다는 연락을 받았다. 입양 기관 또한 우리의 개방 입양을 어떻게 구조화하고 지원할지 내부에서 논의해보겠다는 뜻을 전해왔다.

찬이를 집으로 데려가기로 한 날, 법원 판결 이후에 만나고 싶다던 그녀가 마음을 바꿔 찬이와 우리 가족이 대기하고 있던 상담실로 들어왔다. 붉고 탐스러운 장미. 아니, 그보다 더 크고 아름다운 어떤 꽃. 그녀는 사진으로 볼 때보다 훨씬 더 생기 있고 아름다웠다. 상담실에 들어오며 나와 마주친 그녀의 눈은 금세 빨갛게 충혈되더니 눈물이 그렁그렁해졌다. 그런 그녀를 보니 나도 모르게 눈물이 왈칵 차

올랐다.

"고마워요. 이렇게 당당히 나타나줘서 정말 고마워요."

눈물을 닦는 그녀 곁에서 나도 눈물을 훔치며 안부를 물었다. 이 느낌을 뭐라 표현해야 할까. 짧은 언어로는 표현이 안 되는 오묘한 감정들, 반가움과 감사함, 먼 친척을 만난 듯 금세 마음이 흘러가는 이 순간. 그녀는 한 번도 찬이를 평생 못 보고 살 수 있다는 생각은 해보지 않았다고 했다. 입양을 가더라도 찬이의 성장을 지켜볼 수 있길 바랐는데 이렇게 개방 입양을 할 수 있는 가정을 만나서 너무 기쁘고 감사하다고 했다.

그녀의 결정 덕에 내게도 새로운 삶의 길이 놓이게 되었다. 가족이 되는 수천 갈래의 길 중 내가 선택한 새로운 풍경의 길. 마흔 살의 나는 또다시 새로운 길 앞에 섰다. 은기를 만나러 가는 길은 잘 닦인 고속도로였던 탓에 앞만 보고 달리는 내내 신이 났다. 시아를 만나러 가는 길은 이정표도 지도도 없는 오지로 탐험을 가듯 모든 것이 낯설고 불안했지만 도착하고 보니 참으로 다양한 풍경을 지나왔음을 알 수 있었다.

찬이와 찬이 생모, 우리 가족이 함께 손잡고 걸어가는 이 길의 끝에서는 아주 커다란 가족 나무가 무성한 초록 잎을 내며 건강히 자리 잡고 서 있는 풍경을 볼 수 있길 기대해본다.

다시 봄

막둥이 찬이와 함께한 시간이 9개월을 넘어섰다. 하지만 13개월에 내 품에 안긴 아들과 새로운 삶에 적응해 가는 일은 생각처럼 쉽지 않았다. 입양 때 건네받은 서류를 통해 뒤늦게 안 사실인데, 찬이는 위탁모가 도중에 바뀐 적이 있어서 생모, 위탁모 1, 위탁모 2, 입양 엄마의 순으로 네 번째 엄마를 만난 셈이었다.

똘망똘망한 눈빛과 환한 미소에 마음을 빼앗겼던 처음과 달리 시간이 지나면서 대중없이 찾아오는 찬이의 괴성과 절규를 담아낸 울음, 말도 안 되게 이겨야만 끝이 나는 생떼와 고집을 다루느라 나는 곧잘 머릿속이 하얘지곤 했다. 생후 한 달 만에 안았던 은기는 순둥이 중의 순둥이였고, 다섯 살 겨울에 딸이 된 시아는 오랜 시간을 거쳐 가족이 되었고 나름 제 속마음을 표현할 수 있던 나이다 보니 헤매긴 했어도 그럭저럭 길을 찾을 수 있었다.

하지만 찬이는 불안과 불편은 다 겪으면서도 말로 표현하지 못하는 아기이다 보니 언어화되지 못한 아이의 두려움과 슬픔이 거친 몸짓으로 돌진해올 때가 많았다. 그럴 때마다 내가 과연 잘 해낼 수 있을까 하는 두려움이 밀려오곤 했다. 몸집이 크지도 않은 녀석이 어찌나 성격이 강하고 에너지가 많은지 종일 누나와 형, 엄마를

이거 먹으려 드는데, 단호한 훈육으로 녀석을 제압하다가도 녀석의 무서운 울음이 시작되면 어느새 두 손 두 발 다 들고 마는 나 자신을 보며 헛헛한 웃음만 게워냈다.

도대체 어디까지가 이 아이의 타고난 기질이고 어디서부터가 불안한 환경 변화에 기인한 문제 행동인지, 어떤 부분을 받아들이고 어떤 부분에서 훈육을 해야 하는지 헷갈리기 시작했다. 그럴 때면 어김없이 자책감과 서글픔이 밀려들었다. 도대체 나는 찬이에 대해 무얼 알고 있는 걸까? 잘 알지도 못하면서 엄마라는 이름 하나만 들이밀며 이 어린 녀석을 다시 한번 힘들게 하고 있는 건 아닐까?

그럴 때마다 찬이의 생모가 생각났다. 은기와 시아를 키울 때는 꿈도 못 꾸던 일이었다. 이렇듯 내 아이에 대한 답답함과 궁금함이 가슴 가득 차오를 때 찾아가 물어볼 대상이 있다는 사실, 기관에서 받은 몇 줄짜리 설명으로는 전혀 알 수 없는 내 아이의 고유함과 살아 있는 개성, 수많은 재능을 유추해볼 기회가 있다는 사실에 감사했다. 찬이를 더 잘 이해할 수 있는 통로가 되어줄 그녀. 어서 그녀를 만나야겠다고 생각했다.

11개월 만에 찬이와 찬이의 생모, 입양 엄마인 나, 이렇게 '입양 삼자'가 둘러앉았다. 훌쩍 자라 마구 뛰어다니고 재잘거리며 함박웃음을 날리는 찬이를 보며 반가워하는 그녀. 그새 얼굴이 낯설어졌는지 잠시 경계하던 찬이는 그녀가 건넨 마이쭈에 쉽게 마음을 열었다. 그러고는 품에도 안기고 볼에 뽀뽀도 하며 그녀를 기쁘게 해주었다. 모처럼 시간 맞춰 만났는데 찬이가 낯가림하면 어쩌나 마음을 졸였는데, 친한 이모와 조카처럼 놀고 있는 두 사람을 보니 마음이 평안해졌다.

상담실에 있는 여러 장난감을 이용해 찬이와 놀아주는 그녀. 차분한 목소리로 찬이의 행동을 읽어주고 재미있게 반응해주는 모습을 보노라니 편안한 잠옷을 입고 집에서 즐겁게 놀고 있는 예쁜 두 모자의 모습이 떠올랐다. 전혀 어설프지 않고 능숙한 솜씨다. 조카를 많이 돌본 솜씨일까? 아니면 찬이가 뱃속에서 자주 들었던 목소리라 익숙함과 편안함을 느끼는 걸까? 찬이는 아주 가끔 나를 돌아볼 뿐 장난감 전화기로 대화도 하고 레고 블록으로 동물농장 놀이도 하며 긴 시간을 집중해 그녀와 신나게 놀았다. 내가 슬쩍 구석으로 자리를 비켜주자 그녀는 찬이를 품에 안고 휴대폰으로 셀카를 찍었다. 미소가 닮은 둘이 환하게 웃으며 셔터를 누르는 모습을 보는데, 순간 1년 전 내 마음을 사로잡은 두 모자가 환하게 웃던 사진이 오버랩되었다.

만나야 할 세 사람이 만났다. 입양 부모가 된 지 9년 만에 입양 삼자 모두가 행복한 입양을 처음 맛보았다. 어렵사리 열린 이 문을 통해 더 많은 입양 삼자가 아이의 행복을 위해 손잡을 수 있기를 바란다.

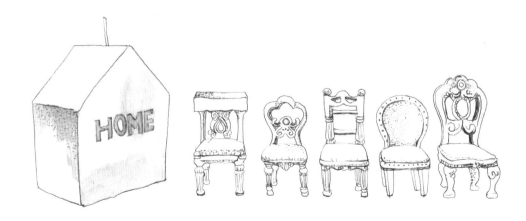

PART 2

가족 로맨스

입양 성장 동화 '가족 로맨스'는 열 살 시아가 어릴 적 돌봐주셨던 로즈마리 수녀님께 자신의 입양과 관련한 질문과 속마음을 담아 보낸 편지와 로즈마리 수녀님으로부터 받은 답장을 그림과 함께 엮은 동화입니다. 어쩌면 동화 속 시아의 질문은 자신의 생生의 시작과 생모生母에 관한 궁금증뿐 아니라 자신이 낳은 아이를 포기할 수밖에 없는 엄마들을 그대로 지켜보고만 있는 이해할 수 없는 세상과 어른들을 향한 물음일지도 모르겠네요. 시아와 로즈마리 수녀님, 엄마가 함께 쓰고 빚어낸 '입양 성장 동화'. 아이와 함께 읽고 편안하게 대화를 나눠보세요.

로즈마리 수녀님께

로즈마리 수녀님, 저 시아예요.

그동안 잘 지내셨어요?

수녀님께서 제 소식을 궁금해하신다고

엄마가 말씀해주셔서 이렇게 편지를 써요.

저는 지금 열 살이 되었고요,

가족들과 행복하고 즐겁게 살고 있어요.

그동안 제가 어떻게 지냈는지 많이 궁금하시죠?

이제부터 모두 말씀드릴게요.

December

SUN	MON	TUE	WED	THu
	찬이 새 1 일	2	3	4
7	8	9	10	11
할아버지, 할머니 결혼기념일 14	15	16	17	18
21	22	23 가족 탄생일	24 예수님 생일	
28 겨울 방학	29	30	31	

저에게 가족이 생겼던 다섯 살 크리스마스부터

신나는 일이 아주 많이 일어났어요.

제 방도 생겼고요, 인형이랑 학용품이랑

책들도 정말 많이 갖게 되었어요.

두 살 아래 동생 은기는

제게 가장 좋은 친구가 되어주었어요.

우리는 같이 소꿉놀이도 하고,

목욕도 하고, 낮잠도 자고,

그림도 그리면서 정말 친해졌어요.

우리가 제일 좋아하는 건

눈 쌓인 언덕에서 썰매를 타고 내려오는 거예요.

겨울만 되면 은기랑 매일 썰매를 타요.

사람들이 저희 둘이 쌍둥이처럼 보인다고 해요.

(사실 전 은기가 키가 너무 빨리 커서 걱정이에요!)

엄마는 늘 제가 빨간 머리 앤처럼 수다스럽다고 하시지만

가끔 재미있는 책에 빠져들 땐 아주 조용한 소녀가 되기도 한답니다.

제가 벌써 열 살이라니 수녀님도 놀라우시죠?

얼마 전에 제 생일이었어요.

엄마가 집을 예쁘게 장식해주시고

저를 공주처럼 꾸며 사진도 찍어주셔서

너무 행복했어요.

케이크 촛불을 끄기 전

엄마가 소원을 말해보라고 하시는데

갑자기 가슴속이 이상하게 울렁거렸어요.

왜 그랬는지 잘은 모르겠지만

뭔가 눈물이 날 것 같은 느낌이었어요.

우리 가족 모두 오래오래 건강하고

행복했으면 좋겠어요.

제가 태어난 지 3일이 되었을 때

해성보육원에 맡겨졌다고

엄마에게 들었어요.

그때부터 다섯 살 때까지

로즈마리 수녀님과

다른 선생님들께서 저를 돌봐주신 것

감사하게 생각해요.

그런데 수녀님,

혹시 저를 낳아준 분에 대해서 알고 계세요?

왜 저를 낳아준 분은 저를 안 키우고

해성보육원에다 맡겼을까요?

그 생각을 하면 많이 슬퍼요.

저를 낳았을 때는 너무 어려서

해성보육원에 맡겼다지만

조금 더 시간이 흘렀을 때

왜 데리고 가서 키우지 않았을까요?

낳아준 분의 엄마, 아빠는

왜 저를 키울 수 있도록 도와주지 않으셨을까요?

엄마는 나중에 제가 커서 어른이 되면

함께 찾아 만나보자고 하시지만

그땐 제가 너무 커버려서

저를 못 알아보시면 어떡하나 걱정이 돼요.

언젠가 만나게 된다면

제가 그동안 어떻게 살았는지 전부 얘기해주고 싶어요.

그리고 우리 집으로 초대도 하고

우리 가족이 그분 집으로 놀러 가기도 하면서

다 같이 재미있게 살았으면 좋겠어요.

요즘엔 슬픈 생각이 들 때마다

엄마 품에서 한참을 울곤 해요.

엄마가 꼭 안아주시며

제 마음을 알아주셔서

다시 씩씩한 저로 돌아오게 돼요.

엄마가 로즈마리 수녀님께 물어보면

혹시 새로운 이야기를

들을 수 있을지도 모른다고 하셔서

이렇게 편지에 쓰게 되었어요.

해성보육원에 가본 지

너무 오래된 것 같아요.

담쟁이 넝쿨이 있는 건물,

돌계단을 오르면 언제나 서 있던

하얀 마리아상이

아직도 선명하게 기억나요.

신나게 뛰어놀던 꾸러기 교실과 놀이터,

큰 나무들이 있던 넓은 앞마당

모두 모두 그리워요.

아직도 그대로지요?

해성보육원의 앞마당을 생각하면

저랑 친해지기 위해 매주 만나러 왔던

아빠와 엄마, 그리고 은기가 떠올라요.

그리고 왠지 낯설고 두려웠던 마음에

엄마, 아빠를 모른 척하고 지나쳤던 제 모습도 떠오르고요.

그때마다 저를 꼭 안아주시고 제 마음속 두려움을 달래주셨던 수녀님, 정말 감사했어요.

그러던 어느 날
은기가 건넨 사탕을 받으면서
갑자기 은기랑 친해지게 된 것,
수녀님도 기억나시죠?

은기가 그때는 진짜 귀여웠는데
요즘은 제 말을 너무 안 들어서
미울 때도 많아요.

아 참! 수녀님, 저 막냇동생이 생겼어요!

이름은 '찬'이인데 2년 전 가족이 되었고

지금은 네 살이 되었어요.

사고뭉치에다가 말썽도 많지만

춤추고 노래 부를 때 보면 너무 귀여워요.

은기와 저는 동생이 생기고 더 즐거워졌어요!

수녀님도 보시면 좋아하실 거예요.

저는 우리 가족이 있어서 너무너무 행복해요.

이런 가족을 만나게 해주셔서 진심으로 감사드려요.

수녀님, 아빠랑 놀 시간이라 이만 줄일게요.

우리 다음에 만나서

재미있는 이야기 더 많이 나눠요!

수녀님, 안녕히 계세요 ♥

— 사랑하는 시아 올림

사랑하는 시아에게

시아야, 안녕?

어느새 시아가 이렇게 커서 직접 쓴 편지를 받아보다니.

수녀님은 다섯 살 시아가 많이 생각나서 궁금했는데

벌써 열 살이 되어 엄마, 아빠, 은기, 찬이

그리고 많은 가족과 행복하게 지낸다는 말을 들어서 안심했어.

낳아준 엄마에 대한 시아의 궁금증에 대해

어떻게 말해줄까 고민하다가

직접 만나서 이야기하는 것이 좋겠지만 그게 언제가 될지 잘 몰라서

먼저 시아에게 편지로 말해주는 것이 좋겠다고 생각했어.

수녀님은 시아를 낳아준 엄마를 직접 본 적은 없단다.

수녀님이 해성보육원에서 일하기 전에 시아가 먼저 해성보육원에 와 있었어.

수녀님이 시아를 처음 본 건

아마도 시아가 6개월 정도 되었을 때인 것 같아.

그래서 낳아준 엄마가 시아를 해성보육원에 맡겼을 때의 상황에 대해

정확하게 말해줄 수가 없구나.

수녀님이 생각하기로는

낳아준 엄마는 시아를 키우고 싶었겠지만

엄마가 될 준비는 미처 하지 못한 것 같아.

또 주변에서 도움 줄 사람도 없었고.

그래서 시아를 잘 키워주실 엄마, 아빠를 찾을 때까지

해성보육원에서 시아를 잘 키워달라고 낳아준 분께서 부탁하신 거란다.

나중에 시아가 많이 커서 낳아준 엄마를 만났을 때

못 알아보면 어떡하나 걱정되겠지만

그때가 되면 서로 알아볼 수 있는 여러 가지 기록이 있으니

크게 걱정하지 않아도 될 것 같아.

시아가 낳아준 엄마랑 서로 놀러 가면서

재미있게 살고 싶은 좋은 마음을 가지고 있으니

나중에 낳아준 엄마가 시아 마음을 알게 되면

얼마나 예쁘다고 생각하실까!

나중에 낳아준 엄마께 그동안 시아가 어떻게 살았는지 말해주려면

재미있는 추억을 많이 만들어야겠지?

낳아준 엄마가 건강하게 잘 계시기를

시아가 하나님께 꼭 기도했으면 좋겠구나.

수녀님이 시아에게 잘 설명해주고 싶었는데
시아가 잘 이해했는지 모르겠다.
나중에 직접 만날 기회가 되면
그때 서로 얼굴 보면서 이야기하자.

그때까지 건강하게 잘 지내. 사랑해 김시아!

– 로즈마리 수녀

내 딸 시아에게

날이 참 좋구나, 시아야.

하늘은 더없이 파랗고 햇살도 따스하고,

나무마다 제각기 흔들어 보이는 가을 빛깔이 너무 아름다운 오늘,

네 생일을 하루 앞둔 날이네. 벌써 열세 살 생일을 맞이하다니,

뭐라 형언하기 힘든 뭉클함이 올라온다.

조그맣던 다섯 살 여자아이가

어느새 자라 좋아하는 가수 사진을 방 안 가득 붙여놓고

신나게 몸을 흔들어대는 사춘기 여학생이 되었다니.

그 많은 날이 어떻게 지난 건지 엄마는 어리둥절하기만 하단다.

며칠 전 서랍 속에 차곡차곡 모아둔 네 편지들을 오랜만에 꺼내 읽어보는데, 참 많더라.

색연필과 사인펜으로 시아와 엄마, 가족과 꽃, 네 마음 등을 그려 넣은 정성스러운 편지부터

메모지에 급히 적어 꼬깃꼬깃 건넨 쪽지까지 아마 백 통쯤 되었던 것 같아.

'와, 내가 우리 딸한테 이렇게 많은 편지를 받았구나.

나는 참 복이 많은 엄마네' 하는 생각이 들면서

시아는 엄마에게 무슨 말이 그렇게 하고 싶었을까 다시 궁금해지던걸?

한 장씩 다시 읽다 보니 편지를 통해 생생한 감정과 생각을

엄마에게 그대로 전하려 애쓰던 어린 네 모습과 편지를 받은 날이면

그 마음을 만나주러 오래도록 방에서 너와 함께 대화하던 여러 밤이 떠오르더라.

엄마도 너도 참 열심히 마음을 주고받았던 것 같아. 그치?

처음 엄마 품에서 꺼이꺼이 목놓아 울었던 아홉 살의 어느 저녁 기억나니?

책을 읽다가 나와서는

"저를 낳아준 엄마가 생각났어요"라고 말하곤

내 품에 안겨 한참을 울었잖니.

네 모습이 너무 안타깝고 아파서 엄마도 너를 안은 채로 얼마나 울었던지.

이 작은 아이에게 어른들이 참 나빴구나 하는 생각이 들어

네가 잠든 뒤에도 오래도록 가슴을 진정하기 어려웠던 그 밤이 아직도 잊히지 않는단다.

시아야, 그날 네가 엄마에게 속마음을 전하지 않았다면,

그로부터 몇 년간 엄마 품에서 맘껏 눈물을 쏟아내지 않았다면 지금과 어떻게 달랐을까?

아마 그 시간을 통과하지 않았다면 지금처럼 너와 친밀한 사이가 되지 못했겠지.

몇 년째 한 공간에서 가족이라는 이름으로 살고 있었지만,

너와 연결된 출생 가족의 이야기를 솔직히 나눌 수 있었던

그날에야 비로소 내 딸의 마음을 모두 받은 진짜 엄마가 될 수 있었던 거야.

너의 깊은 속마음과 솔직한 질문을 엄마에게 건네주어 정말 고마워.

시아야, 엄마도 가끔은 너를 낳아준 분에 대해 상상해보곤 해.

너의 재주 많은 손을 보며, 갸름한 얼굴과 예쁜 뒤통수를 보며

'우리 시아를 낳아준 분도 저렇게 재주가 많고 예뻤겠지' 생각하고,

가족과 친구를 살뜰히 챙기는 시아의 마음 씀씀이를 보면서

'언젠가 꼭 한번 만날 수 있으면 좋겠다'고 생각하곤 해.

네가 언젠가 '낳아준 엄마'와 재회해서

네 인생의 시작에 관한 이야기를 직접 묻고 들을 수 있기를,

그렇게 네 오랜 바람이 기적처럼 이루어지기를 엄마는 정말로 바란단다.

자신이 낳은 작은 아기가 잘 살고 있는지,

어떻게 자랐을지 궁금해하고 걱정이 많았을 긴 시간을 뒤로하고

이렇게 재주 많고 예쁜 소녀로 성장한 너를 마주한다면 얼마나 가슴이 벅차실까?

잘 자란 너를 꼭 한번 안아볼 기회가 그분께 있기를 엄마는 기도해.

네가 그림책에 썼듯이 엄마와 너, 로즈마리 수녀님과 너를 낳아준 분,

이렇게 넷이 마주 앉아 생의 조각들을 맞추며

시아 인생의 전체 이야기를 들을 수 있다면 얼마나 감격스러울까?

넷이 둘러앉았을 때 시아가 얼마나 신이 나서 엄청난 속사포로

그간의 이야기들을 쏟아낼지 엄마는 상상이 간단다.

엄마도 네가 얼마나 수다쟁이에 질문이 많았는지,

욕심은 또 얼마나 많았는지, 그러면서 얼마나 기특하게 자신을 사랑하며 컸는지 다 전할 거야.

아, 네가 과일을 잘 먹지 않아 엄마의 잔소리를 꽤 많이 들었다는 이야기도 꼭 전해줘야지.

시아야,

네가 엄마에게 쓴 편지마다 마지막에 "엄마의 하나뿐인 딸 시아 드림"이라고 썼던 것 기억나지?

편지를 읽으며 하나뿐인 딸에게 나는 어떤 엄마였나 돌이켜봤는데,

엄마가 너무 욕심이 많았던 것 같아.

네가 무엇을 타고났는지,

성품이 어떤지 충분히 이해하기도 전에

엄마의 바람을 담아 많은 것을 요구했다는 걸 편지를 보며 다시 깨달았어.

그때마다 싫다는 내색도 없이 기대에 부응하려 애쓰는 네 모습,

더 잘 해내서 엄마의 기쁨이 되고자 하는 그 모습을 보면서

엄마가 잘못하고 있었다는 걸 반성하게 되었어.

엄마는 시아가 누구의 기대에 자신을 맞추기보다 너 자신으로 살아가기를 바란단다.

너는 엄마에게 하나뿐인 딸이기도 하지만

이 세상에서도 유일한 매력과 가능성을 지닌 존재이니

네 본연의 모습을 잘 꽃피우는 것이 중요하다고 생각해.

지금껏 그래왔듯 네 감정을 솔직하게 표현하고, 너 자신을 자랑스러워하며,

스스로를 더 많이 발견하는 삶을 살아가렴.

엄마도 그런 너를 더욱 지지하도록 노력할게.

그동안 네가 표현한 감정과 질문을 통해 엄마가 입양을 새롭게 이해했듯이,

네가 보여주는 다양한 삶의 모습을 보며 네가 어떤 꿈을 꾸는지,

어떨 때 더 반짝반짝 빛나는지 엄마가 배울게.

이제 몇 시간 후면 열세 살 생일을 맞이하겠구나.

이렇게 또 몇 년을 훌쩍 보내고 나면,

이제 다음 날이 우리 딸 시집가는 날이라고 말하게 되는 순간이 오는 건 아닌지 모르겠다.

우리 딸 크는 속도가 너무 빠르니

이제부터라도 이 소중한 순간들을 두 눈에 꼭꼭 눌러 담아야겠다.

시아야,

8년 전 엄마의 인생에 들어와주어 고마워.

다른 누구도 아닌 시아 네가 엄마의 딸이 되어준 덕에 엄마가 이만큼 자란 것 같아.

그리고 참 많이 행복했어.

속 깊고, 재능 많고, 예쁘고, 화끈하면서 성깔까지 있는 우리 딸 시아!

엄마가 마음 깊이 사랑한다.

생일 축하해!

PART
3

가족 이야기

입양 마주이야기

'입양 말하기'는 공개 입양 가족이라면 반드시 통과해야 하는 과정입니다. 언제, 어떤 방식으로 말해주어야 아이에게 잘 전달할 수 있을지 많은 입양 부모님이 고민하실 겁니다. 혹시 '입양 마주이야기'라고 들어보셨나요? '마주이야기'란 서로 마주하고 나누는 대화를 뜻하는데, 한쪽에서 일방적으로 건네는 말이 아니라 둘 사이에 허물없이 진실하게 오가는 이야기를 말합니다. 마주이야기의 대상은 엄마와 자녀 사이일 수도 있고, 교사와 학생 사이일 수도 있으며, 친구 사이 혹은 믿을 만한 이웃 어른과 아이 사이일 수도 있습니다.

기존의 '입양 말하기'가 입양 부모가 자녀에게 사실을 전달하는 조금은 일방적인 대화 방식이라면 '입양 마주이야기'는 아이가 입양을 어떻게 이해하고 받아들이는지에 귀 기울이고 평생에 걸쳐 이어가는 열린 대화를 의미합니다. '입양 마주이야기'는 아이와 부모가 입양을 이해하는 차이의 폭을 줄이고, 아이가 자신의 정체성을 건강하게 형성하도록 돕는 평생에 걸친 작업이라 할 수 있습니다. 이 대화가 잘 이루어질수록 아이와 부모는 더욱 깊이 있게 연결될 수 있습니다.

가족의 연결을 돕는 입양 마주이야기 8원칙

1. 우리 가족의 입양 스토리를 만들어주세요

아이에게 들려줄 우리 가족의 입양 스토리를 엄마, 아빠가 함께 만들어주세요. 입양 스토리에는 자녀의 출생부터 생부모의 입양 의뢰 결정, 입양 부모가 어떻게 입양으로 자녀를 얻기로 결심했는지, 처음 자녀를 만난 날 얼마나 감격스럽고 행복했는지 등의 이야기를 포함하는 것이 좋습니다.

이 모든 요소가 포함된 우리 가족만의 따뜻한 스토리를 만들어 아이가 잠자리에 들 때마다 반복해서 들려주세요. 아이는 스토리를 통해 입양의 개념을 이해하게 되고 자신이 어떻게 지금의 부모를 만나게 되었는지 이해할 수 있게 됩니다.

2. 일찍 시작하고 꾸준히 대화하세요

입양에 관한 이야기를 일찍 시작하고 꾸준히 이어가세요. 아이가 어려 입양의 개념을 이해하지 못할지라도 부모에게는 입양과 관련한 복잡한 감정을 정리하고 담백하게 말할 수 있도록 돕는 연습의 시간이 될 수 있습니다. 입양은 복잡한 개념이라 아이가 이해하려면 오랜 시간이 걸리지만 차츰 익숙해지고 점점 더 완전하게 이해하게 된답니다.

아이가 자신의 입양에 관한 이야기를 완벽하게 외우고 있다 하더라도 그에 대해 이야기하기를 멈추지 마세요. 아이는 커갈수록 이전과 다른 의문을 가질 수 있습니다. 집에서 언제라도 입양에 관한 이야기를 꺼낼 수 있을 만큼 열린 분위기를 유지해주세요. 자녀가 입양에 관해 말하지 않는다고 해서 그에 대해 생각하지 않는다는 것은 아니랍니다.

3. 자녀의 발달 단계에 맞춰 설명해주세요

아이들이 입양에 대한 정보를 이해하고 소화할 수 있는 능력은 발달 단계에 따라 다릅니다. 나이가 같아도 아이마다 발달 단계가 다를 수 있기에 아이의 단계에 맞는 설명이 필요하지요. 자녀의 입양과 관련한 정보가 많다 해도 아주 어리거나 아직 들을 준비가 안 된 아이라면 너무 많은 정보를 주지 않는 편이 좋습니다. 학령기 아동에게는 더 많은 정보를 제공하더라도 그 내용을 소화할 시간을 충분히 주는 것이 필요합니다.

아이가 정보를 소화하는 과정에서 다양한 감정을 표현할 수 있고 가끔 부모를 향해 분노를 표현할 수도 있습니다. 입양 자녀가 입양에 대해 부정적 감정을 느낄 때 이를 말로 표현할 수 있게 해주세요. 자신의 언어로 혼란스러운 감정을 표현하는 것은 아이가 자신의 상태를 인식하는 데 도움이 되며, 부모 또한 자녀의 상태를 이해하는 데 도움이 된답니다. 기억하세요! 자녀를 가장 잘 아는 사람은 부모입니다. 자녀가 무엇을 이해할 수 있고 무엇을 알아야 하는지 주의 깊게 살피고, 그에 따라 대답해주세요.

4. 솔직하게 말해주세요

솔직하게 이야기하는 것은 언제나 좋은 대화의 태도이지만, 이 또한 상식선에서 진행하는 것이 좋습니다. 자녀가 지적으로나 정서적으로 준비되기 전에 입양에 관해 어렵고 고통스러운 사실을 말할 필요는 없겠지요. 진실을 말한다는 것은 발달 단계상 아동이 감당할 수 있을 만큼의 정보를 제공한다는 것을 의미합니다.

자녀의 나이에 걸맞은 수준에서 질문에 답해줘야 한다는 말이 진실이 아닌 내용을 이야기해도 된다는 뜻은 아닙니다. 정보를 수정하거나 미화해 이야기한 것이 나중에 드러나면 부모로서 신뢰를 잃을 수 있습니다. 자녀가 성인이 되면 부모의 동의 없이 자신의 정보를 받아 볼 수 있으므로 사실에 근거하여 이야기해주는 것이 중요합니다. 부모가 모르는 것을 묻는다면 솔직하게 모른다고 인정하세요. 그런 뒤 함께 알아보자고 말해주는 것이 좋습니다.

5. 부모가 먼저 대화를 시작해주세요

자녀가 입양에 관해 이야기하지 않는다고 해서 입양에 관해 생각하지 않는다고 여기지 마세요. 부모가 언제든 입양에 관해 자녀와 이야기할 의사가 있다는 것을 계속해서 보여주면 자녀는 자신이 준비되었을 때 이야기를 꺼낼 수 있습니다. 예컨대 자녀가 잘하는 것을 칭찬하면서 "어머나, 우리 ○○는 손재주가 참 좋구나! 너를 낳아주신 분이 손재주가 많았나 보네"라고 말할 수 있습니다.

생일이나 어버이날, 스트레스를 받거나 변화가 있을 때 입양 아동은 종종 입양과 생부모에 관해 생각하게 됩니다. 그럴 때 넌지시 "네 생일에는 네 생부모가 생각나는구나. 너도 그러니?" 같은 이야기를 건네며 자녀의 마음을 알고 있다는 사실을 전할 수 있습니다. 자녀가 어떻게 대답하든 간에 자녀와 대화할 수 있는 창을 열어놓은 것입니다.

6. 질문 뒤에 있는 자녀의 마음을 경청해주세요

자녀가 입양에 관해 질문할 때는 꼭 그것이 알고 싶어서 묻는 게 아닐 수도 있습니다. 질문에 대답하기 전에 자녀가 어떤 생각을 하는지 이해하려고 노력해보세요. "내 생모는 왜 나를 입양 보냈나요?"와 같은 질문은 "왜 내 생모는 나를 원하지 않았죠?" 또는 "내 생모에 관해 말해주세요"라는 뜻일 수 있습니다. 어쩌면 자녀는 이미 그 답을 알고 있을 수도 있지만, 이런 질문을 해도 괜찮다는 위안을 받고 싶은 걸지도 모릅니다. 질문의 내용에만 집중하지 말고 말 뒤에 숨어 있는 자녀의 감정에 귀 기울여주세요.

7. 판단하지 말고 해결해주려고 하지 마세요

자녀와 함께 입양에 관해 이야기할 때 부모가 해결해줄 수 없는 문제도 있음을 꼭 기억하세요. 입양 아동들은 출생 가족과 관련해 상실감을 느낄 수 있습니다. 그럴 때 부모에게서 "네 마음이 아프다는 걸 알아"라는 말을 듣는 것만으로도 위로를 받기도 합니다.

자녀의 과거사가 아무리 힘들었더라도 그것을 판단하지 않도록 조심하세요. 부모가 의견을 줄 때 중립을 유지하면 자녀가 스스로 판단을 내릴 수 있습니다. 생부모에 대한 입양 부모의 부정적 의견은 자녀와 부모 사이를 멀어지게 할 수도 있고, 더 나아가 아이가 스스로를 나쁘게 생각하게 만들 위험이 있으니 생부모에 대해 판단하는 말을 하거나 아이가 느끼는 상실감을 해결해주려 하지 마세요.

8. 실수로부터 배우세요

부모라고 자녀에게 매번 옳은 말만 할 수는 없습니다. 아이가 질문하던 그때가 마침 스트레스를 받고 있을 때였을 수도 있고, 당시에는 미처 깊이 생각하지 못했을 수도 있습니다. 가족의 일상에서 입양에 관한 대화가 이어진다면, 한두 번 실수를 하더라도 다시 제대로 말할 기회를 얻을 수 있습니다. 한번 잘못한 말이 자녀에게 돌이킬 수 없는 해를 끼치는 것은 아니니 너무 자책하지 마세요. 우리에게는 아이와 함께할 수많은 날이 있으므로 실수로부터 배우며 더 나은 대화를 이어갈 수 있습니다.

에필로그

입양을 꿈꾸는 부모님들께

'입양'이라는 단어를 떠올리면 왠지 가슴이 떨리고, 입양 가족을 볼 때면 너무 대단하게 느껴진다는 예비 입양 부모님들의 이야기를 가끔 듣습니다. 입양의 문턱에 다다른 경로는 저마다 다르겠지만 한 번도 가보지 않은 이 길이 참 멀게만 보이면서도 왠지 꼭 걸어야만 하는 길처럼 숭고하게 느껴지는가 봅니다. 십수 년 전 저에게 그러했듯 입양은 여전히 많은 이에게 아름답고 선한 일, 가치 있고 의미 있는 선택으로 다가오는 것 같습니다.

입양은 가정이 필요한 아이가 영구적인 가정을 만난다는 점에서 꼭 필요한 제도이며, 사회적으로나 개인적으로나 의미 있는 선택임이 틀림없습니다. 부모가 필요한 아이들이 입양을 통해 가족을 얻고, 가족의 사랑과 지지 속에서 건강히 성장하는 모습은 보는 이들의 마음을 뭉클하게 합니다.

그러나 사회적으로 가치 있는 선택이라는 생각과 몇몇 감동적인 장면에 이끌려 입양을 선택한다면 이후의 삶은 생각보다 녹록지 않을 수 있습니다.

입양은 어떤 가치나 아름다운 선행이 아니라 매일 부대끼는 일상 속에서 가족 됨을 새겨가는 실제의 삶이기 때문입니다. 입양은 가족의 평생을 걸고 부모와 자식이라는 아주 긴밀하고 좁은 길을 걷는 고단함을 요구합니다. 그렇기에 입양 결정에는 막연한 동경보다 오랜 고민과 준비의 시간이 필요합니다. 뜨거운 가슴뿐 아니라 냉정한 판단, 가족 모두의 협조가 필요한 결정입니다. 입양 가족이 가까이 있다면 그들의 삶을 오랜 시간 지켜보고 솔직한 이야기도 들어보며 이해를 넓혀가는 것도 좋은 방법입니다.

"아이를 그려야 할 스케치북이 아닌 읽어야 할 책으로 보라"는 말이 있습니다. 우리는 갓 태어난 아기에게서 순백의 깨끗한 도화지를 떠올리며, 앞으로 무엇이든 그려낼 수 있는 무한대의 가능성, 부모의 열심과 사랑으로 빚어내는 멋진 완성품을 꿈꾸곤 합니다. 아이가 무엇을 가지고 태어났는지, 어떤 개성과 고유함이 있는지 관찰하기보다는 부모 자신이 원하는 것을 아이에게 새겨넣으려고 애쓰곤 합니다.

아이를 '읽어야 할 책'으로 보라는 말은 입양 아동을 양육하는 부모라면 더욱 깊이 새겨야 할 조언입니다. 입양 아동의 삶은 입양 부모의 품에 안기는 순간 시작되는 것이 아닙니다. 그보다 훨씬 전부터 존재해왔습니다. 아이는 우리와 너무 다른 신체적 특성과 성격, 여러 재능과 고유함을 가지고 우리에게 옵니다. 아이가 무엇을 가지고 태어났는지, 어떤 경험을 하며 우리에게 왔는지를 파악하려면 더 많은 시간이 필요하고, 그에 적절한 양육을 제공하려면 몇 배 더 많은 노력이 필요합니다. 아이의 고유함을 그대로 받아들이고, 아이와 연결된 출생 가족을 인정하는 일은 쉽지 않지만 사랑하는 입양 자녀를 위해 부모가 반드시 준비해야 하는 출발선입니다.

조금은 막연하고 멀게만 느껴졌던 입양이 지금도 여전히 여러분의 가슴을 뛰게 한다면, 이제는 가족의 손을 잡고 첫발을 내디디시길 권해봅니다. 그리 멀지 않은 입양 마을 어귀에서 반가운 얼굴로 여러분을 기다리겠습니다. 저희 가족의 로맨스를 함께 읽어주셔서 감사합니다.

참고 자료

셰리 엘드리지, 라테 옮김,《부모가 알아야 할 입양인의 속마음 20가지》, 가족나무, 2018

Adoption Learning Partners, 〈Let's Talk Adoption〉(https://www.adoptionlearningpartners.org/catalog/courses/lets-talk-adoption.cfm)

입양 및 상담 기관

| 정부 기관 |

1. 보건복지부: 보건복지부 아동복지정책과

- 주요 업무: 입양특례법 제정 및 개정에 관한 사항, 국내외 입양 제도 개선 및 활성화 종합대책 수립과 시행, 헤이그 국제아동입양협약에 관한 사항, 중앙입양원 및 입양 기관과 단체에 관한 사항
- 주소: 세종특별자치시 도움4로 13 보건복지부 (정부세종청사 10동)
- 연락처: 044-202-3411~4, 202-3423~4
- 홈페이지: www.mohw.go.kr/react/index.jsp

2. 지방자치단체: 시·군·구 관련 부서

- 주요 업무: 입양 사업 지원, 입양 아동 양육수당 지원, 장애 아동 양육보조금 및 의료비 지원, 입양 아동 의료급여와 심리치료비 지원, 입양 기관 운영 및 관리

3. 가정법원: 가정법원 지원, 지방법원, 지방법원 지원 가사과

- 주요 업무: 입양 허가 신청, 양친 가정조사, 입양 허가

4. 중앙입양원(KAS)

- 주요 업무: 입양종합정보망 구축 및 서비스, 입양 사후 서비스 체계화, 입양 정책과 제도 연구 및 사업개발, 바람직한 입양 문화 확산, 국내외 입

양 관련 지원 및 협력 업무

- 주소: 서울시 중구 새문안로 26 청양빌딩 7층

- 연락처: 02-6943-2600

- 홈페이지: www.kadoption.or.kr

| 입양 전문 기관 |

1. 해외 입양 및 국내 입양(보건복지부 허가 기관)

대한사회복지회: 서울특별시 강남구 논현로 86길 21 (02-552-1017)

- 부산지부: 부산광역시 남구 유엔평화로 10번길 62 (051-621-7003)

- 대구지부: 대구광역시 수성구 국채보상로 906 (053-756-1392)

- 광주지부: 광주광역시 동구 지원로 24 (062-222-9349)

- 경기지부: 경기도 의정부시 입석로 32번길 30 (031-877-2849)

- 전남지부: 전라남도 나주시 보현길 9-4 (061-333-2882)

동방사회복지회: 서울특별시 서대문구 연희로 26 (02-332-3941)

- 부산지부: 부산광역시 중구 중앙대로 123-2 (051-469-5586)

- 대구지부: 대구광역시 동구 동대구로 425 (053-755-1077)

- 인천지부: 인천광역시 부평구 백범로 478번길 8-7 (032-502-2226)

- 대전지부: 대전광역시 서구 계룡로 318, 2층 (042-526-3129)

- 안양지부: 경기도 안양시 동안구 경수대로 883번길 70 (031-442-7750

홀트아동복지회: 서울특별시 마포구 양화로 19 (02-331-7032)

- 부산사무소: 부산광역시 수영구 장대골로 20-5 (051-465-0224)
- 대구사무소: 대구광역시 달서구 두류공원로 259, 4층 (053-756-0183)
- 충청사무소: 대전광역시 중구 보문산로 329 (042-586-1983)
- 인천사무소: 인천광역시 남동구 남동대로 904 홀트인천복지센터 3층 (032-424-0145)
- 광주사무소: 광주광역시 서구 화운로 164 (062-227-8877)
- 경기사무소: 경기도 수원시 팔달구 경수대로 616번길 17-3 (031-217-5999)
- 강원사무소: 강원도 춘천시 공지로305 (033-251-2344)
- 전북사무소: 전라북도 전주시 완산구 백제대로변 279, 사라빌딩 3층 (063-288-0880)
- 경남사무소: 경상남도 창원시 마산회원구 3·15대로 521 (055-243-0009)

성가정입양원(국내 입양): 서울특별시 성북구 선잠로 2길 242 (02-764-4741~3)

2. 국내 입양(지방자치단체 허가 기관)

꽃동네천사의집: 충청북도 음성군 음성읍 동음리 925 (043-879-0292)

광주영아일시보호소: 광주광역시 동구 지원로 26 (062-222-1095)

자비아동입양위탁소: 강원도 강릉시 경강로 2267번길 19 (033-642-3555)

한빛국내입양상담소: 충청남도 홍성군 조양로 75번길 17 (041-631-3691)

홍익아동복지센터: 제주특별자치도 제주시 화삼로 145 (064-758-0845)

| 입양 후 서비스 기관 |

1. 국외입양인연대(GOAL)

- 주요 업무: 뿌리 찾기 지원, 한국어 학습 지원, 시민권 취득을 위한 지원, 한국 생활을 위한 도움 제공, 멘토링 프로그램
- 주소: 서울특별시 마포구 월드컵북로44길 37, 5층
- 연락처: 02-325-6522(한국어), +82-2-325-6585
- 홈페이지: www.goal.or.kr

2. 국제한국입양인봉사회(InKAS)

- 주요 업무: 모국 방문, 숙소, 장학금, 기타 서비스
- 주소: 서울특별시 서대문구 연희로27다길 18-8
- 연락처: +82-2-3148-0258
- 홈페이지: www.inkas.org

3. 둥지(Nestkorea)

- 주요 업무: 입양인을 위한 프로그램, 한국 생활을 위한 지원
- 주소: 서울특별시 송파구 백제고분로 75 (잠실동 올림피아빌딩) 501호
- 연락처: 02-535-3217
- 홈페이지: www.nestkorea.or.kr

4. 뿌리의 집(Koroot)

- 주요 업무: 국외 입양인을 위한 게스트하우스 운영, 국외 입양인 뿌리 찾기 및 가족관계 재건을 위한 상담, 정기적 문화행사, 국외 입양인 문화예술프로젝트 지원, 해외입양 관련 연구 소개 및 입양 관련 서적출판, 입양 연구학자들과 학술 교류 및 입양 연구 활성화를 위한 학술심포지엄

개최, 각 나라별 국외 입양인 조직과 네트워크 연결

- 주소: 서울시 종로구 자하문로 125-10
- 연락처: 02-3210-2451
- 홈페이지: www.koroot.org

5. 한국입양 가족상담센터(KCCAF)

- 주요 업무: 위기 입양 가족 사례 관리, 부부 집단 상담 및 교육 프로그램, 찾아가는 입양 가족 상담, 입양 부모 자조모임
- 주소: 경기도 안양시 동안구 시민대로 295, 1101호
- 연락처: 031-425-6011
- 홈페이지: www.kccaf1.org

6. 한국입양홍보회(MPAK)

- 주요 업무: 반편견 입양 교육, 입양 가정 대상별 역량 강화 세미나, 입양 가족 한마음 대동제, 입양 자녀 양육을 위한 부모 교육, 연장 아동 입양 가정 심리 정서 치료 프로그램, 지역별 입양 가정 자조모임, 성인 입양인 자조모임 활성화 지원 프로그램
- 주소: 경기도 수원시 팔달구 화서동 644-1 풍성프라자 604호
- 연락처: 031-264-8301~2
- 홈페이지: www.mpak.org

지은이_ 이설아

세 아이의 입양 엄마이자 입양 가족의 든든한 언니,
입양 삼자 모두가 행복한 입양을 위해 발로 뛰는 실천가.

2008년 첫아들을 만나면서 입양 부모로서의 삶이 시작되었다. 행복으로 꽉 찬 3년을 보낸 후 다섯 살 딸을 입양하는 과정에서 '상실을 경험한 아이와 준비되지 못한 부모가 만나 가족이 되는 것'이 얼마나 어렵고 고통스러운지 배웠다. 이후 셋째 아들과의 운명적 만남을 통해 아들의 생모까지 확대 가족으로 연결되는 개방 입양의 기회를 얻었다.

남아 입양, 큰 아이 입양, 개방 입양으로 이어진 삶의 이력은 입양 부모의 자리에서 입양을 이해하던 관점에서 벗어나 입양 삼자(생부모, 입양인, 입양 부모)의 삶으로 확대되었다. 입양 삼자의 삶이 입양을 통과하며 어떤 여정을 거치는지, 그 과정이 서로의 삶에 얼마나 유기적으로 연결되어 있는지를 깨달으면서 이들의 삶을 어떻게 지원할 것인지에 대한 고민으로 삶의 방향이 크게 바뀌었다.

딸아이를 입양하며 경험했던 어려움을 해결하는 과정을 통해 입양 가족을 돕는 입양 전문가가 되기로 마음먹고, 2015년 입양 사후 서비스 기관인 건강한입양가정지원센터를 설립했다. 2016년부터 보육시설의 아이를 입양 가정이 품는 '확대 가족 프로젝트'를 시작해 단순 후원자가 아닌 삼촌과 이모가 되어 삶을 공유하고 평생의 울타리가 되어주는 가족 결연을 매년 진행하고 있다. 또 2018년에는 생부모와 성인 입양인, 입양 부모가 한자리에 모여 서로의 삶을 격려하는 '입양 삼자 자조 모임'을 시작했고, 그해 12월 입양 삼자 토크콘서트를 열어 입양 삼자의 삶에 대한 새로운 의제와 과제를 한국 사회에 던졌다. 현재 숭실대학교 사회복지학 박사 과정에 있다.

건강한입양가정지원센터

건강한입양가정지원센터는 사회복지와 심리상담에 전문성을 띤 입양 부모 전문가 그룹으로 입양 가족의 생애주기에 맞춘 프로그램을 제공합니다.

- 입양 부모 학교

  입양 부모 학교는 입양인(입양 아동)을 중심으로 '입양 삼자' '상실과 애도' '정체성'이라는 공개 입양의 키워드를 새롭게 정리합니다. 또한 '입양인의 특수 욕구'를 이해하고 '입양 말하기 기본 원칙'을 배움으로써 입양 자녀를 더욱 깊이 이해하고 안정된 관계를 맺는 데 도움을 줍니다. 예비, 새내기, 난임 입양 가정과 유자녀 입양 가정 등 대상에 따라 세분된 커리큘럼으로 진행합니다.

- 입양 말하기 세미나

  공개 입양 가정의 가장 큰 과제이자 입양 부모님들의 오랜 고민인 입양 말하기의 이론과 실제를 다루는 세미나입니다. 입양 말하기의 원칙, 연령대별 입양 말하기, 입양 자녀의 질문에 답하기, 입양 부모 자신의 감정 다루기, 입양 자녀의 감정 다루기, 자녀와 라이프북 만들기, 뿌리 찾기 준비하기 등 입양 자녀의 건강한 정체성 형성을 돕는 실질적 워크숍으로 진행합니다.

- 입양 삼자 자조 모임

  입양의 세 주체인 입양 부모, 성인 입양인, 생부모가 매월 함께하는 자조 모임으로 국내에서 유일한 모임입니다. 입양 부모, 성인 입양인, 생부모가 안전한 공동체 안에서 입양 삼자의 삶을 깊이 이해하고 자신의 인생 경험을 재해석하며 건강한 정체성을 세워나가도록 돕습니다.

  홈페이지: www.guncen.org

색칠해주세요!

크레파스나 색연필 등 원하는 재료로 예쁘게 색칠하여
절취선을 따라 자른 후 액자에 넣거나 벽에 붙여주세요.

가족의 온도

초판 1쇄 인쇄 ㅣ 2019년 4월 26일
초판 1쇄 발행 ㅣ 2019년 5월 8일

글·그림 이설아   편집 조성우, 손성실   마케팅 이동준   디자인 권월화
용지 월드페이퍼   제작 성광인쇄(주)
펴낸곳 생각비행   등록일 2010년 3월 29일 ㅣ 등록번호 제2010-000092호   주소 서울시 마포구 월드컵북로 132, 402호
전화 02) 3141-0485   팩스 02) 3141-0486   이메일 ideas0419@hanmail.net   블로그 www.ideas0419.com

ⓒ 생각비행, 2019
ISBN 979-11-89576-25-7 03810